LES SEPT LUNES

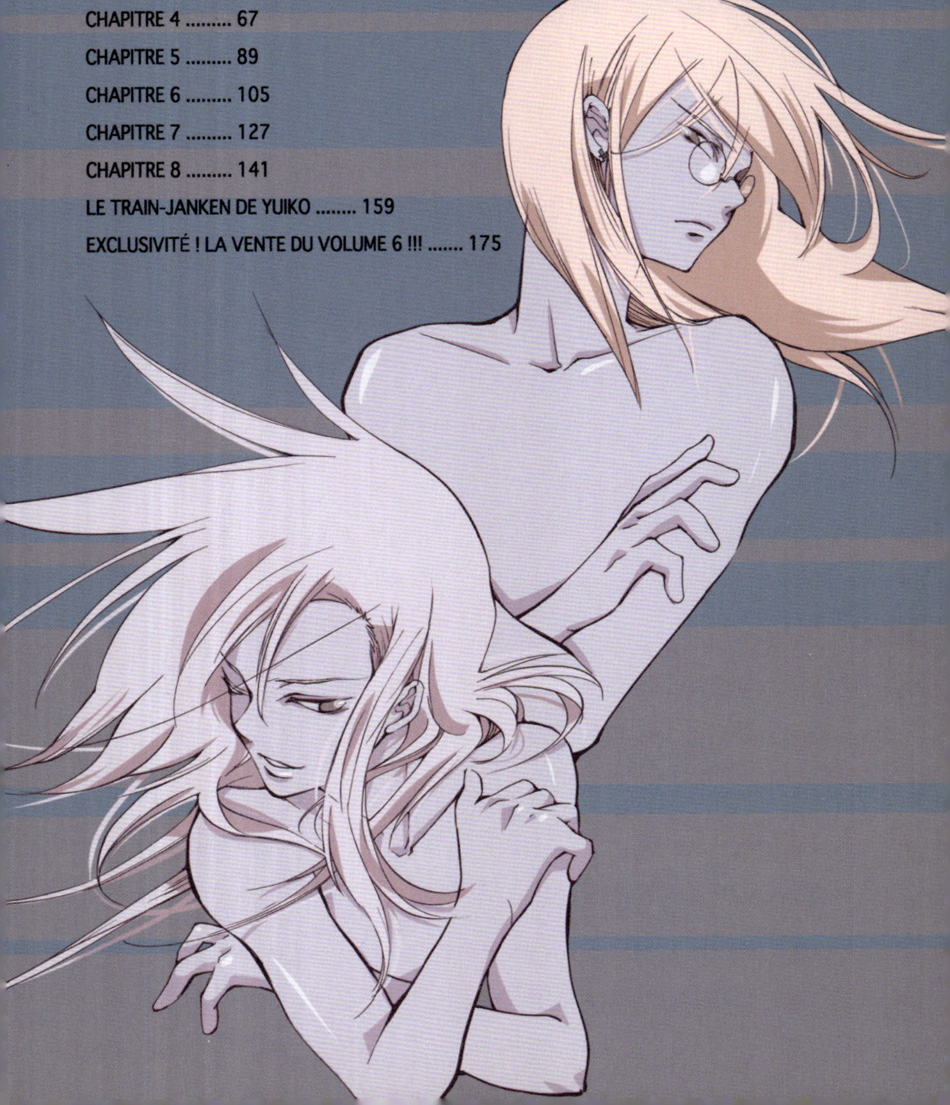

LES SEPT LUNES
CHAPITRE 1

QUI T'A PARLÉ DE GÔRA ?
RITSU...
SENSEI.
HA...
CLANG
ET ALORS ?
ON Y VA...
D'ACCORD...
BLAM
JE SUIS EN VOITURE.

CLAC
HUUUM
SALUT.
EN-CHANTÉ...
C'EST QUI ?
BON-JOUR ...
FLAP
HO...
POLI !
KIO, DESCENDS. RITSUKA S'ASSOIT LÀ.
KIO !!!

"J'AURAIS PRÉFÉRÉ APPELER KIO."
KIO !?
MON NOM, C'EST KAIDÔ KIO.
JE SUIS UN AMI DE SÔ CHAN.
ALORS ...
......
WHA ...
IL A VRAIMENT DES AMIS !?
TU ES...
AOYAGI RITSUKA, HEIN ?
JE LE SAIS PARCE QUE J'AI VU TA PHOTO.
KIO... DÉSOLÉ, MAIS NOUS ON DOIT PARTIR.
TU VEUX BIEN TE TAIRE ? C'EST IMPORTANT...

TU RESSEM-BLES BEAUCOUP À SEIMEI !
MÊME LES YEUX ET LES CHEVEUX...
......!!
TU CONNAIS-SAIS SEIMEI !?
BIEN SÛR, JE LE HAIS.
TOI... !
APPELLE-MOI KIO !
CLAC
VA DERRIÈRE !
NON !

PAS DE NON QUI TIENNE !
MOI AUSSI JE MONTE DERRIÈRE, ALORS VIENS !
BLAM
……
……
SÔBI, DÉMARRE.
KIO...
TU VIENS AVEC NOUS ?
CLAP
BIEN SÛR !
ET PUIS ÇA SENT LE ROUSSI...
VROOOOH

VROOOO...
POUR-QUOI...
EST-CE QUE TU LE DÉTESTES ?
PARCE QUE... IL ÉTAIT TROP VIOLENT.
TU EN VEUX ?
NON
IL ÉTAIT GENTIL, SEIMEI !
VROOOOH
IL A PEUT-ÊTRE TOUJOURS ÉTÉ GENTIL AVEC TOI...
ET NE T'A JAMAIS FRAPPÉ, COUPÉ, OU HURLÉ DESSUS...

......
SEIMEI NE FERAIT PAS...
JE SAIS, MOI...
QUI IL ÉTAIT.
TU MENS !!!
ET SUR QUI !?
SÔ CHAN, ÉVIDEMMENT ! TU LE SAIS TRÈS BIEN.
TU VEUX DES PRUNES ?
NON !
SÔBI, C'EST VRAI ?
C'EST FAUX.
JE T'ASSURE !
C'EST FACILE À VÉRIFIER, SÔ CHAN !
SÔBI ! ALORS ?
C'EST FAUX.
JE TE JURE !!!

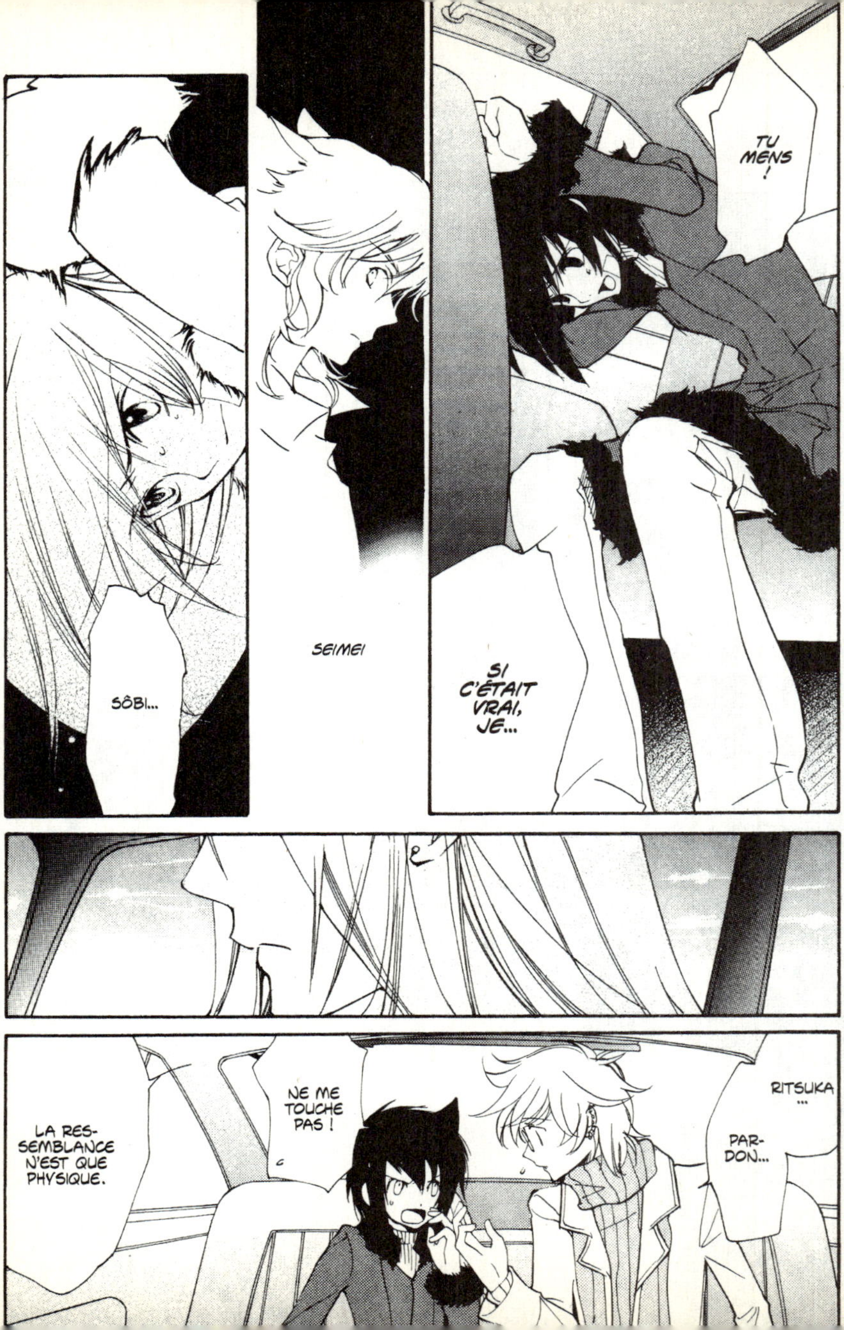
TU MENS !
SI C'ÉTAIT VRAI, JE...
SEIMEI
SÔBI...
RITSUKA ...
PARDON...
NE ME TOUCHE PAS !
LA RESSEMBLANCE N'EST QUE PHYSIQUE.

MOI, JE SUIS PACIFISTE.
JE DÉTESTE LA VIOLENCE ET CEUX QUI L'UTILISENT !
MAIS MOI AUSSI !
MAIS SEIMEI NE FERAIT PAS CELA !
JE VOIS...
TU NE VOIS RIEN ! NE PARLE PAS COMME ÇA !
J'AI JUSTE RÉPONDU À TES QUESTIONS.
JE N'AI MÊME PAS MENTI, POURQUOI EST-CE QUE TU TE FÂCHES ?
FRAPPER ?

COUPER ? HURLER ? SEIMEI ?
C'EST IMPOSSIBLE.
RITSU-KA...
TU AS PEUR DE MOI ?
AUJOURD'HUI, UN ÉLÈVE DE LA CLASSE M'A ENGUEU-LÉ...
HUM ?
PARCE QUE JE NE SUIS PAS VENU MALGRÉ QU'IL M'AIT PRÉVENU DU CHANGEMENT D'HORAIRE.
JE N'ÉTAIS PAS AU COURANT, MOI !
HA...
IL N'A PAS CONFONDU ?
NON, IL DIT QU'IL A APPELÉ ICI.

SEIMEI ! MES POISSONS SONT MORTS !
J'EN PRENAIS POURTANT SOIN...
LES PAUVRES...
TOUS MORTS !
PEUT-ÊTRE UN CHAT.
UN CHAT ?
IL LES AURAIT MANGÉS, PLUTÔT, NON ?
QU'EST-CE QU'IL S'EST PASSÉ ?

SHiiii
FU...
TU TE LAVES ?
COUCOU ! EXCUSE, JE SUIS PASSÉ EN PREMIER.
C'EST BON, J'ÉTAIS EN RETARD.
TU VEUX ME REJOINDRE ?
SEIMEI !
TU T'ES BLESSÉ !?
HA...
IL Y A DU SANG ? NE T'INQUIÈTE PAS, CE N'EST PAS LE MIEN.
RITSUKA...

TU AS PEUR DE MOI ?
TU SAIS OÙ SONT LES CHOCOLATS ?
CEUX QUE J'AI EU...
HA, JE LES AI JETÉS !
HEIN ?
ILS ÉTAIENT FAITS MAISON !
RAISON DE PLUS !
TU N'AIMES PAS ?
JE NE SAVAIS PAS
C'EST SALE, NON ?
Pour Ritsuka

C'EST SALE, QUAND C'EST FAIT À LA MAIN ?
J'ai mis tout mon cœur dedans
J'espère que tu aimeras ! ♡
SUZUKI
MAIS NON !
TU NE ME FAIS PAS PEUR, JE T'AIME !

RITSU-KA...
TU PLEURES, NON ?
CE...
M... MOI !? PAS DU TOUT !
EXCUSE, MAIS JE T'ASSURE QUE C'EST VRAI.
EN VRAI, TU T'EN ÉTAIS RENDU COMPTE, NON ?
HUM
JE SUIS CONTENT QUE TU NE LUI RESSEMBLES PAS !
JE VAIS SÛREMENT T'AIMER !!
POM

HEIN ?
TU ES JALOUX ?
KIO.
LAISSE RITSUKA TRANQUILLE.
SÛR...
IL CRAQUERAIT
RICCHAN, TU VEUX UNE SUCETTE ? CELLES CRÈME BRÛLÉE SONT LES MEILLEURES !
RIC-CHAN ?
......
JE TE PRÉVIENS, KIO...
MÊME SI TU LE DÉTESTES, MOI JE L'AIME.

JE VAIS AUX TOILETTES !
ET TOI, PAS BESOIN ?
FAIS PLUTÔT GAFFE À NE PAS TE PERDRE !
HUM
DES-CENDS !
CLAP
VOILÀ.
AU SUJET DE TOUT À L'HEURE...

C'EST FAUX.
NE DIS PAS AUSSI LÉGÈREMENT QUE C'EST FAUX QUAND UN AMI ÉTAIT SÉRIEUX !
TU N'ES PAS CLAIR !
SI TU NE VOULAIS PAS QUE JE SACHE, POURQUOI EST-CE QUE TU L'AS AMENÉ !?
PARCE QU'IL A INSISTÉ !
NE LUI REJETTE PAS LA FAUTE !
PARDON.
NE T'EXCUSE PAS, TU VEUX QUE JE ME FÂCHE !?
DÉSHABILLE-TOI.

DÉSHA-BILLE-TOI !!!
....
ICI ?
OUI !
JE TE DIS DE ME MONTRER TON CORPS !
HAAA

PFU
D'AC-
CORD.
FLAP

PARCE QU'IL EST VIOLENT !
JE LE SAVAIS AVANT DE VOIR LE CORPS DE SÔBI...
TU AS PEUR ?
JE SAVAIS QU'IL SAGISSAIT DE CE NOM.

LES SEPT LUNES
CHAPITRE 2

HEIN ?
QU'EST-CE QU'ILS FONT !?
IL RIGOLE !?
POURQUOI EST-CE QUE TU TE DÉSHABILLES, TU N'AS PAS FROID ?
HA, NON ! FAIS PAS ÇA ICI !

QU'EST-CE QUE VOUS AVEZ, TOUS LES DEUX ?
RITSU-KA.
ÇA SUFFIT ?
ÉVIDEM-MENT ! RHABILLE-TOI !!
CE...
C'EST À CAUSE DE CE QUE J'AI DIT ?
HEIN ?
やーだー
NOOOON
PAAARDON !

VROOOOOH
ON VA
À GÔRA,
HEIN ?
L'AM-
BIAN-
CE...
BOUM BOUM
POURQUOI
EST-CE QU'IL
LUI A FAIT
UNE TELLE
BLESSURE...

LES BLEUS DISPARAISSENT.
LE COUPURES, BRÛLURES OU GRIFFURES AUSSI. QUAND C'EST SUPERFICIEL, ÇA DISPARAÎT.
C'EST ÇA QUE TU VEUX VOIR, HEIN ?
MAIS ÇA, ÇA NE S'EFFACERA PAS.

SA VIOLENCE... C'EST ÇA ?
POUR KIO, OUI.
PAS POUR MOI, EN TOUT CAS.
J'AURAIS PRÉFÉRÉ UNE BLESSURE.
MAIS ÇA, C'EST AUTRE CHOSE.

BELOVE
SHI
CE N'EST PAS DE LA VIOLENCE.
LE NOM EST LE SIGNE DE L'APPARTENANCE.
C'EST NOTRE LIEN.
C'EST LE NOM DE SEIMEI, NON ?
C'EST ABSOLUMENT...
IMPARDONNABLE, TU N'ES PAS D'ACCORD ?

SÔ CHAN EST ASSEZ IDIOT POUR ÊTRE CONTENT...
MAIS MOI JE HAIS CEUX QUI FONT ÇA.
JE SUIS IDIOT ?
HA ÇA OUI !!
MOI AUSSI.
RITSUKA.
EN PLUS TU ES MASO, ALORS TU AIMES N'IMPORTE QUOI !
ET SEIMEI PEUT PARCE QU'IL EST SADO !

ET MOI, JE SUIS IDIOT DE M'EN MÊLER !
MAIS...
MAIS...
MAIS...
JE NE PEUX ME SÉPARER D'AUCUN DES DEUX.

TU VAS ATTRAPER FROID...
MAIS...
MOI...
POF
J'EN SUIS INCAPABLE...
......
ON ARRIVE BIENTÔT.
ON FAIT QUOI ?
VROOOH

SHAAAA
SHAAA

JE VAIS JETER LES POUBELLES.
OUI, COMME ÇA, ON A FINI.
FAIT FROID ...
J'AI ENVIE D'UN BON CHOCOLAT.
FROT FROT
CLANG
C'EST ICI, POUR LES POUBEL-LES ?
HEIN ?
OUI...
HO !
TU SAIGNES !
HA ?
TU AS DÛ T'ÉCORCHER AVEC UNE BRANCHE, ÇA DOIT FAIRE MAL...

MAL ?
BIN...
OUI, PEUT-ÊTRE.
MON COMPAGNON EST JUSTE À CÔTÉ, TU VEUX VENIR ?
ON NE TE VOIT PAS SOUVENT, TU ES NOUVEAU ?
......
BAH, OUI...
VOUS AVEZ UNE DATE, POUR LE CONCOURS DE LA CLASSE SPÉCIALE ?

PAS ENCORE ?
VOUS N'IREZ NULLE PART SI VOUS N'A-VANCEZ PAS PLUS VITE !
TOC TOC
CLAC
MINAMI SENSEI, EXCUSEZ-MOI...
JE...
JE SUIS AU TÉLÉ-PHONE !
EXCU-SEZ-MOI...
UN VISITEUR INATTEN-DU...
SI C'EST UN ENTRETIEN, FAITES-LE ATTENDRE UN PETIT SIÈCLE.
C'EST QUE, C'EST...
QUI !?
C'EST MONSIEUR AGATSUMA...

HA...
IL EST ENFIN REVENU.
IL NE PEUT PAS ACCÉDER AUX SEPT LUNES SANS PASSER PAR ICI...
IL N'AVAIT PAS LE CHOIX. FAITES-LE ENTRER !
ÉCOLE SHICHISEI
......
ÉCOLE ...
SHICHI SEI...

RITSUKA...
PARDON.
TU ES FÂCHÉ ?
POURQUOI ?
RI...
"RIT-SUKA" ?
JE ME SUIS MÊLÉ DE TES AFFAIRES.
IL Y A DES CHOSES QUE TU AURAIS PRÉFÉRÉ NE PAS SAVOIR, NON ?
NON !!!
IL N'Y A RIEN QUE JE VOUDRAIS ME CACHER.
C'EST ENCORE PIRE DE NE PAS SAVOIR !

LES AFFAIRES DE SÔBI ET DE SEIMEI ME CONCERNENT AUSSI !
ALORS POURQUOI...
IL A INSISTÉ !?
ALORS...
RIC-CHAN !
WHAAA !!!
ON EST DU MÊME AVIS !
MOI AUSSI, J'AI ABANDONNÉ, POUR SÔBI.
PAS QUE JE L'AI LAISSÉ TOMBER, HEIN ! JE L'ACCEPTE COMME IL EST !
JE ME SUIS JURÉ DE LE SUIVRE JUSQU'AU BOUT, COMME TOI !
MOI, JE...
NE JOUE PAS LES DURS ! ♡

HEIN !
HUU HUU
......
QUOI ?
...... RIEN...
FUIP
ALORS IL AVAIT VRAIMENT DES AMIS...
HUM
OUI, ENFIN, SEULEMENT MOI !
BEAUCOUP DE FILLES, AUSSI !
ELLES NE SONT PAS DES AMIES, ELLES !!!
SHLAAH
J'AI REMPLI LES FORMULAIRES, POUR DORMIR.
ON Y VA ?

HEIN !?
ON DORT ICI ?
MAIS ON EST OÙ, CE N'EST PAS LÀ OÙ ON DOIT ALLER !!!
ET SI.
JE ME DISAIS BIEN, AUSSI...
HEIN ?
L'ARRIVÉE ...
EST ICI.
ÉCOLE SH
MAIS...
CE...
C'EST UNE ÉCOLE !
UN HÔTEL ?
L'ÉCOLE SHICHISEI.
ON DOIT PASSER PAR ICI POUR REJOINDRE LES SEPT LUNES.

DE TOUTE FAÇON IL EST DÉJÀ HUIT HEURES, ON NE PEUT PAS RENTRER À TOKYO.
ET ON DOIT DORMIR...
DANS CETTE ÉCOLE ?
COLE
IL Y A UN PENSIONNAT.
C'ÉTAIT MON ÉCOLE, AVANT.
!!
L'ÉCOLE DE SÔBI... !
OLE SHICH
BON...
ON Y VA.
BOUM
C'ÉTAIT...
ICI...

IL OUVRE LES PORTES LES UNES APRÈS LES AUTRES.
IL NE ME TEND PAS LA MAIN, NE ME PARLE PAS. AU LIEU DE CELA...
IL NE SE RETOURNE MÊME PAS VERS MOI.
MOI...
JE M'ENGOUFFRE DANS L'ESPACE AVANT QUE LES PORTES NE SE REFERMENT DERRIÈRE MOI.

LES SEPT LUNES
CHAPITRE 3

PAR ICI.
NOUS SOMMES... À L'ÉCOLE SHICHISEI.
HA !
MONSIEUR, UNE SECONDE !
VOUS, CE N'EST PAS PAR ICI !

HEIN ?
MOI !?
DOM
KIO !
INTERDIT !
MAIS...
NE T'INQUIÈTE PAS, ILS L'EMMÈNENT DANS UN ENDROIT BIEN.
LES SEULS QUI ONT LE DROIT DE RENTRER ICI...
SONT LES PERSONNES EN RAPPORT AVEC L'ÉCOLE.
JE CROYAIS QUE JE POURRAIS ENFIN CONNAITRE TON SECRET !!!
KIO...
DÉSOLÉ.
CLAP

GRRR
LUI...
JE RÊVE...
IL SAVAIT TRÈS BIEN CE QU'IL ALLAIT SE PASSER
C'EST POUR ÇA QU'IL ÉTAIT AUSSI CALME...
LAISSEZ-MOI PASSER, JE NE VAIS QUAND MÊME PAS SORTIR À CETTE HEURE !?
DOM
JE SUIS NAVRÉE, C'EST IMPOSSIBLE !
LE DIRECTEUR A AUTORISÉ UNIQUEMENT MONSIEUR AGATSUMA...
AINSI QUE SON MAÎTRE.
MAÎTRE
J'EN ÉTAIS SÛR !
C'EST RITSUKA SON MAÎTRE !
MAIS, MADEMOISELLE...
COMMENT JE FAIS, CETTE NUIT ?
NOUS AVONS PRÉPARÉ UNE VOITURE POUR VOUS.

VOUS ÊTES INFLEXIBLE, HEIN ?
VOUS ALLEZ DORMIR LÀ-BAS, C'EST UNE STATION THERMALE ! ♡
KIIII
JE SUIS SÛR QUE JE NE DEVRAIS PAS QUITTER SÔ CHAN DES YEUX...
C'EST IMPOSSIBLE, CE SOIR...
C'EST LA RÈGLE.
SHIIII
FAITES ATTENTION À VOUS.
CLAP
QUE...
UVING UVING UVING
SHLAAAN
QU'EST-CE QUE...
POURQUOI !?

CE SOIR, IL Y A ENTRAÎNEMENT.
PERSONNE NE PEUT ENTRER OU SORTIR...
C'EST COMME CELA.
VIOUUUUH
MONSIEUR, ALLONS-Y !
IL FAIT FROID !

JE RESTE.
VOUS POUVEZ PARTIR.
ET LA STATION THERMALE ?
C'EST AGRÉABLE, ET PUIS ON MANGE BIEN ! VOUS AVEZ FAIM, NON ?
GOUAAH ...
LES FUTONS SONT MOELLEUX !
RAVALONS NOS LARMES...
POUR SÔ CHAN AUSSI, MAIS...
VOUUUH
JE ME FAIS SURTOUT DU SOUCI POUR RITSUKA. QU'EST-CE QU'IL VA LUI ARRIVER ?
JE NE PEUX PAS PARTIR...

BIENVENUE À L'ÉCOLE SHICHISEI.
!!
FAIS PAS LE SURPRIS, RITSUKA !!!
POURQUOI EST-CE QUE TU NE NOUS AS PAS DIT QUE TU VIENDRAIS ?
OUI !
HUU...
J'AVAIS D'AUTRES CHOSES À RÉGLER AVANT, JE SUIS MÉTICULEUX, MOI.
ARRÊTE DE TE MÉFIER AUTANT ! REGARDE MES YEUX FRANCS ET CROIS-MOI, UN PEU !!!
OUI, CROIS MIDORI !
HEU...
ARRÊTEZ D'ÊTRE AUSSI FAMILIERS AVEC LUI !

PFU
NOUS NE SOMMES PAS AMIS.
NOUS SOM-MES... SÔBI !
C'EST TON ÉCOLE ?
OUI.
C'EST UNE ÉCOLE POUR COMBAT-TANTS.
NOUS ATTENDONS ICI QUE LE SACRIFICE SOIT PRÊT.
ON RÊVE TOUS...

DE POUVOIR RENCONTRER L'ÊTRE UNIQUE.
......
BON...
TOI, PAR ICI.
BIEN.
HEIN ?
PAR ICI, RITSUKA. NE T'INQUIÈTE PAS.
ET NE SOIS PAS TROP À L'AISE AVEC LUI !
T'OCCUPE !!!
NE ME PARLE PLUS !
C'EST PLUTÔT TOI, QUI ES FAMILIER AVEC MOI !
QU'EST-CE QU'IL A, LUI !?
BAH... IL N'EST PAS TRÈS... ADULTE.

Kiiih
TU PEUX TE PRÉPARER ICI.
PRÉPA-RER ?
À QUOI ?
POM
C'EST DIFFÉRENT DE MON ÉCOLE À MOI...
C'EST VRAI.
MOI AUSSI, J'AI EU PEUR, AU DÉBUT.
LES COMBATTANTS S'ENTRAÎNENT TOUT LE TEMPS ICI...
MAIS NOUS, ON ARRIVE APRÈS.
POURQUOI PAS ENSEMBLE ?
ILS SONT ICI AVANT. ET ALORS...

ILS CHERCHENT LEUR SACRIFICE...
CHERCHENT...
CHERCHENT...
ET LE TROUVENT.
LE JOUR DE LA PREMIÈRE RENCONTRE...
EST UN SOUVENIR PARTICULIER POUR LES DEUX.
LE JOUR DE LA PREMIÈRE RENCONTRE...
"QU'EST-CE QU'IL Y A, RITSUKA ?"
"POURQUOI TU PLEURES ?"
"TU NE SAIS PAS QUI JE SUIS ?"

……
SHI¡¡…
QUOI, RITSUKA ?
C'EST QUEL GENRE DE SOUVENIR, POUR VOUS ?
LAISSE TOMBER !
C'EST COURAGEUX, DE VENIR UN JOUR D'ENTRAÎNEMENT NOCTURNE.
JE SUIS ARRIVÉ QUAND SÔBI EST PARTI, MAIS IL PARAÎT QU'IL ÉTAIT FORT.
HEU, NON...
ON NE VIENT PAS POUR ÇA.
BAH, N'EMPÊCHE QUE CE N'EST PAS NOTRE RIVAL À AÏ ET MOI !
ON N'EST PAS LÀ POUR L'ENTRAÎNEMENT !
MAIS C'EST UN PEU EXCITANT
?
ON EST VENUS POUR LES SEPT LUNES.
HÉ !
MAIS, ÇA VA COMMENCER !

TU AS...
COMPRIS, HEIN ?
プイ
FUIP
JE NE PARLE PAS DE ÇA !!!
JE COMPRENDS TOUT.
TOI AUSSI... COMMENT DIRE...
TU ES VRAIMENT UN COMBAT-TANT... ?

JE SUIS PLUS ÂGÉ QUE TOI, EN TOUT CAS !
N'EST-CE PAS ?
ÇA, JE SUIS AU COURANT !
C'EST VRAI...
QUE NOUS ATTENDONS TOUS EN RÊVANT...
DE RENCONTRER LE SEUL.
ALORS J'AI DU MAL À PARDONNER QUE TU AIES UN DEUXIÈME SACRIFICE.
TU N'ES PAS COMME NOUS !
MAIS...
EN VRAI...
TU LE SAIS, NON ?

......
PFU
TROP SENSIBLE !
GRRR !
JE PENSAIS TE DIRE QUE JE TE PARDONNE !!!
TU ME SOÛLES !!!
CLAP
NE HAUSSE PAS TANT LA VOIX !
SENSEI !
COMME TOUJOURS, AÏ...
TU RÉAGIS TROP SENTIMEN-TALEMENT !

PA... PARDON...
BAH, ÇA A DE BONS CÔTÉS AUSSI.
BIENVENUE, SÔBI.
JE NE VIENS PAS PAR PLAISIR.
C'EST PARCE QUE RITSUKA L'A ORDONNÉ.
HOO... TU ES...
TOUJOURS AUSSI TOUCHANT.
JE N'AI PLUS L'ÂGE POUR ÇA.
ON MONTRE PAS DU DOIGT
TU SERAS TOUJOURS PLUS JEUNE QUE MOI !
HEU... SI JE VOUS DÉPASSAIS, LÀ, ÇA SERAIT BIZARRE.
WOUAAH !
LA TENSION !
GHHH

......
TROP SENSIBLE !
PFU
TU ME SOÛLES !!!
JE PENSAIS TE DIRE QUE JE TE PARDONNE !!!
GRRR !
CLAP
NE HAUSSE PAS TANT LA VOIX !
SENSEI !
COMME TOUJOURS, AÏ...
TU RÉAGIS TROP SENTIMEN-TALEMENT !

PA... PARDON...
BAH, ÇA A DE BONS CÔTÉS AUSSI.
BIENVE-NUE, SÔBI.
JE NE VIENS PAS PAR PLAISIR.
C'EST PARCE QUE RITSUKA L'A ORDONNÉ.
HOO...
TU ES...
TOUJOURS AUSSI TOUCHANT.
JE N'AI PLUS L'ÂGE POUR ÇA.
ON MONTRE PAS DU DOIGT
TU SERAS TOUJOURS PLUS JEUNE QUE MOI !
HEU... SI JE VOUS DÉPASSAIS, LÀ, ÇA SERAIT BIZARRE.
WOUAAH !
LA TEN-SION !
GHHH

ALORS TU NE PARTICIPES PAS, CE SOIR ?
NON.
MAIS QU'EST-CE QUE VOUS ÊTES CENSÉS FAIRE ?
HUM ? AUJOURD'HUI, LE PROGRAMME VA ÊTRE DIFFUSÉ VERS DIX HEURES.
ON CHERCHE NOTRE COMBATTANT, ON FAIT DE FAUX COMBATS...
HUUM
MAIS AUJOURD'HUI JE PENSE QUE CE SERA UNE BATTLE ROYAL.
BATTLE... QUAND ON SE BAT JUSQU'AU DERNIER ?
OUI.
DANS LE LYCÉE ET L'INTERNAT, INTERDICTION DE S'ENFUIR.
LES PORTES SONT DÉJÀ FERMÉES, ON NE PEUT PLUS ENTRER OU SORTIR.

LES SEPT LUNES
CHAPITRE 4

AVIS À TOUS LES PENSIONNAIRES !
IL EST DIX HEURES !
DING DONG
NOUS NE LE RÉPÉTERONS PAS, ALORS ÉCOUTEZ BIEN.
VOICI LE PROGRAMME DE CE SOIR.
MAIS OÙ EST PASSÉ SÔBI ?
FINALEMENT, JE RISQUE DE FAIRE PAREIL...
J'AI LE DROIT !?
HUM
TING
DE LA MISSION S, À LA MISSION B !
SEULS CEUX QUI AURONT RÉUSSI LA MISSION S PASSERONT À LA B.
WOUAAH !
DE S À B !
DAH
C'EST PARTI, RITSUKA !

BIEN...
VOUS POUVEZ COMMENCER !
HEIN ?
DAH
BLAM
CLAP
DAH
ALLEZ, VIENS !
POURQUOI MOI !?
DE S À B, DONC...
DE SEARCH À BATTLE ROYAL.
SEARCH
BATTLE ROYAL
TU NE SAIS RIEN, HEIN ? JE VAIS T'APPRENDRE.
POM

TU POURRAS COMBATTRE QUAND TU AURAS RETROUVÉ TON COMBATTANT.
SEUL, TU RISQUES DE TE FAIRE ATTAQUER, ALORS IL FAUT SE DÉPÊCHER.
TU SAIS OÙ IL EST ?
DAM
BIEN SÛR !
AÏ AUSSI A ENTENDU L'ANNONCE.
ELLE EST EN TRAIN DE M'APPELER.
DAM
DAM
TRÈS FORT...
AUCUNE RAISON...
POUR QUE SA VOIX NE M'ATTEIGNE PAS.

ON SE PRÉPARE AU COMBAT.
L'ESPRIT DOIT S'ADAPTER.
LORSQUE JE FERME LES YEUX...
ET QUE TOUT DEVIENT DE PLUS EN PLUS NOIR...
QUE JE CHERCHE DE PLUS EN PLUS SANS LAISSER DE FAILLE...
LA SEULE LUEUR AU MILIEU DE LA NUIT NOIRE...
C'EST AÏ.
C'EST ELLE !
APPELLE-LE AUSSI !
VU COMME EST SÔBI, IL POURRA SÛREMENT T'ENTENDRE !
HEIN ?
MAIS SI ! IL EST ENTRAÎNÉ !

"APPELLE-MOI QUAND TU VEUX. "
"JE TE REJOINDRAI."
SÔBI.
C'ÉTAIT VRAI ?

CE SOIR, ENTRAÎNEMENT À L'ÉCOLE...
C'EST BON, LES NOUILLES INSTANTANÉES...
SLUUURP
Sugaki
JE DEVRAIS RENFORCER LA SÉCURITÉ.
HA, ET PEUT-ÊTRE RAJOUTER DES CAMÉRAS, POUR CEUX QUI VOUDRAIENT S'ENFUIR.
FU FU FU
KIII
CROC
FAIS GAFFE, TU PENSES TOUT HAUT !
JE NE PARLE PAS TOUTE SEULE, JE TE SIGNALE, JE DISCUTE AVEC TOI !
KIII
TU DISCUTES ?
HA BON ? COOL...
COOL
C'EST VRAIMENT BON, ÇA, COMME DANS UN VRAI RESTAURANT !
HÉ !?

LES CAMÉRAS DES PORTES SONT CASSÉES !
ELLES NE S'ALLUMENT PLUS, C'EST TOUT NOIR.
CE N'EST PAS NORMAL.
ELLES NE PEUVENT PAS ÊTRE EN PANNE, ON LES A VÉRI...
HA !
HA !
CELLE-LÀ AUSSI !
ELLE S'EST ÉTEINTE SOUS NOS YEUX !
HOU...
HA !
HA !
C'EST QUELQU'UN QUI LES A ÉTEINTES !
IL N'EST PAS GÊNÉ, CELUI-LÀ !
ON LÂCHE NOTRE ZÉRO ?
GRR
!!
NAGISA, CE N'EST PAS UNE FUITE !

ILS NE SORTENT PAS, ILS RENTRENT !
CLAC
JE PASSE LA SÉCURITÉ DE JAUNE À ROUGE.
MAIS QUI EST-CE QUI APPROCHE, EN DÉTRUISANT TOUT AU PASSAGE !?
CE SONT DES INTRUS !
LES CAMÉRAS ÉTAIENT POURTANT CACHÉES.
AVEC DES NIDS
ENFIN, AU MOINS, C'EST "FERMÉ À CLÉ".
TES INTERFACES SONT TROP FACILES...
MIGNON, HEIN ? J'ADORE FAIRE CROIRE QUE C'EST DIFFICILE. ♡

4
5
ガチャ
CLAP
JE RÊVE !?
C'EST OUVERT ! SANS DIFFICULTÉ !
CE BRUIT...
QUOI !?
IMPOSSIBLE !
BLAM
LE CODE N'EST MÊME PAS CHANGÉ.
C'EST IMPRUDENT !
IL FAUT DIRE QU'ILS N'AVAIENT PAS DE RAISON DE FAIRE ATTENTION.
JUSQU'À CE SOIR...
SHIII
VAS-Y, NISEI.
NE ME PERDS PAS DE VUE.

SHIIII
BIEN.
ZUT...
FAIT FROID.
SI JE MEURS DE FROID...
SÔ CHAN S'EN VOUDRA !
J'ESPÈRE QU'IL NE CROIT PAS QUE JE SUIS TRANQUILLE DANS LES STATIONS THERMALES.
PLEURES DEVANT MON CADAVRE !!!
ENFIN JE NE VAIS PAS MOURIR, MAIS BON...
CRIC
HUM ?

J'AI EU PEUR !
UN HUMAIN ICI ?
BOUM
BOUM
C'EST PLUTÔT MOI, QUI AI EU PEUR...
QU'EST-CE QUE TU FAIS ?
HEU... DISONS QUE...
J'ATTENDS... HEU, C'EST PEUT-ÊTRE LOUCHE ?
HA ?
GÊNE ?
ON DIT ÇA, D'HA-BITUDE ?
TU ES BIZARRE, TOI AUSSI...
LOUCHE ? C'EST PLUTÔT QUE TU GÊNES.
JE SUIS D'ICI, MOI.
ALORS TU SAIS QU'ON NE PEUT PAS RENTRER ?

CLAC
HA... C'EST FERMÉ ?
PFU
PORTES ! OUVREZ-VOUS DEVANT...
HA...
NON, ÇA ME SOÛLE.
BAAAAM
VOLEZ EN ÉCLAT !

CLAAANG..
GUIIING

HA !
MIDORI M'APPELLE.
ALORS VAS-Y.
L'ENTRAÎNEMENT A COMMENCÉ.
BIEN !
JE VOUS LE LAISSE, RITSU SENSEI.
D'ACCORD.
TU VOIS LEUR FIL, SÔBI ?
TAP TAP
CELUI DE BREATHLESS ?

OUI, IL EST FIN.
POURQUOI EST-CE QUE LE TIEN EST COUPÉ ?
OUI.
COMME UNE CORDE DE PIANO QUI BRILLE, FINE MAIS RÉSISTANTE.
……
MOI JE PRÉFÉRERAIS DES CHAÎNES ÉPAISSES.
NE TE MOQUE PAS DES CORDES DE PIANO.
LES CORDES D'INSTRUMENTS SONT AUSSI UTILISÉES POUR RENFORCER LES PARPAINGS ET LES CÂBLES DES PONTS.
COOL, C'EST PRATIQUE !

CLANG
CLANG
CLING
QUE...
BAAAAAAH
BIIIIIIIISH
MAIS QU'EST-CE QU'IL TE PREND !?
À TON AVIS ?
JE ME DÉBARASSE DES GÊNEURS.

QU'EST-CE QUE C'EST QUE ÇA !?
C'EST IMPOSSIBLE !
BOM

SI L'ADVERSAIRE N'OUVRE PAS SON SYSTÈME, ON NE PEUT PAS LUI INFLIGER DE DOMMAGE PHYSIQUE.
CRIC
MAIS ON PEUT S'INFILTRER DANS SON COE UR.
C'EST ÇA, L'AGRESSION, AUTANT DIRE QU'ON A DROIT DE VIE OU MORT SUR LUI.
ÇA, ON L'A ! ON L'A ! ♡
ET ? QU'EST-CE QU'ON EN FAIT ?
HO !
IL S'APPELLE KAIDÔ, C'EST UN AMI DE SÔBI.
HOO...
PAS BESOIN DE S'EN DÉBARASSER. LAISSE-LE.
DOMMAGE, J'AURAIS AIMÉ VOIR LA TÊTE DE SÔBI DÉPITÉ.

MAIS S'IL RESTE EN VIE...
TU SAIS AUSSI BIEN QUE MOI QU'ON VA POUVOIR S'AMUSER ENCORE PLUS DANS QUELQUES TEMPS.
LÀ !
MIDORI !
TAP TAP
AÏ !
ENFIN !
TE VOILÀ !
CLAC
OUI !
BON, ON VA EN CHASSE ?

LES SEPT LUNES

CHAPITRE 5

ポン
POF
ポン
POF
ポン
POF
ポン
POF
OUI.
ON N'EST MÊME PAS BLESSÉS.
TOUT VA BIEN.
OUI ? C'EST PARTI.
ON Y VA ?
DAM
DA
ON Y VA, NOUS.
D'ACCORD ...
CLING

......
TU FAIS UNE DRÔLE DE TÊTE, ÇA VA ?
IL Y A QUELQUE CHOSE QUI BRILLE...
HA...
TU LE VOIS ENFIN ?
C'EST QUOI...
ÇA... ?
C'EST NOTRE...
FIL DE BREATH-LESS.
TU SAVAIS QUE SI TU NE REFUSAIS PAS, TU POURRAIS LE VOIR AUSSI ?

TU EN AS UN, AUSSI.
C'EST ÇA ?
IL VA...
JUS-QU'OÙ ?
JUSQU'AU COMBAT-TANT DE LOVELESS.
JE NE PENSE PAS QUE CE SOIT SÔBI.
IL DOIT POUVOIR VOIR LE FIL DE SÔBI AUSSI...
S'IL LE TROUVAIT.
RITSUKA AUSSI COMPREND SÛREMENT SÔBI.

TAP
JE LE VOIS AUSSI.
IL N'EST PAS AUSSI MAUVAIS QUE JE LE PENSAIS.
SI TU ES SON MAÎTRE, FAIS QUELQUE CHOSE...
BON...
VA LE CHERCHER !
GNN
ON CONTINUE LA MISSION B.
TU AVAIS BESOIN, DE LUI PRENDRE LA MAIN ?
HEIN ?
LE FIL DE SÔBI...

SALE VIBRATION ...
C'EST PLUTÔT VOTRE TÉLÉPHONE !
DÉCROCHEZ !
ALLÔ ? C'EST DÉSAGRÉABLE !
HAA !!! TU DÉCROCHES ENFIN !?
JE DÉTESTE CE MOUVEMENT
À QUOI TU JOUES !?

TU ME DÉRANGES !
T'ES GONFLÉ ! MOI QUI ME FAISAIS DU SOUCI !
NAGISA, PASSE-LE MOI UNE SECONDE.
JE SUIS UN PEU DIRECTE, MAIS IL Y A UN INTRUS ÉTRANGE...
HUM ?
DOOONG
IL CONNAÎT LE CODE SECRET.
DÉSOLÉE, ON A ÉTÉ DISTRAITES ...
POF
BÈÈH
JE NE PENSAIS PAS QU'IL VIENDRAIT, VU QU'IL EST PARTI DE LUI-MÊME.
Kii

TU VOIS DE QUI IL SAGIT ?
PLUS OU MOINS...
MAIS IL EST CENSÉ ÊTRE MORT.
ARRÊTEZ, AVEC ÇA !!! C'EST SEIMEI, NON !?
IL N'EST PAS MORT, IL EST EN VIE !
JE NE COMPRENDS ABSOLUMENT PAS CE QU'IL VEUT !
VRAIMENT ?

MOI JE PENSE...
QUE JE SAIS.
PFU !
ON SE COMPREND, ENTRE PERVERS, HEIN ?
ENFIN JE NE PENSE PAS QUE VOUS ALLEZ VOUS MARRER TOUS LES DEUX, CE SOIR, NON ?
IL Y A DES ÉLÈVES, ICI.
S'IL COMPTE FAIRE QUELQUE CHOSE, TU DOIS L'EN EMPÊCHER !
PRINCIPAL MINAMI RITSU !

MÊME SI JE VOULAIS...
JE N'AI PLUS DE COMBATTANT, MAINTENANT.
HEIN ? ON FAIT QUOI, SÔBI ?
AUCUNE IDÉE. JE ME SUIS RETIRÉ, MOI.
HO !
TU ES PÂLE, TU AS PEUR ?
GHH
JE VAIS... CHERCHER RITSUKA.
ET COMMENT ? TU N'ENTENDS MÊME PAS SA VOIX !
J'AI DE SUPERBES JAMBES ! COMME TOUT LE MONDE !

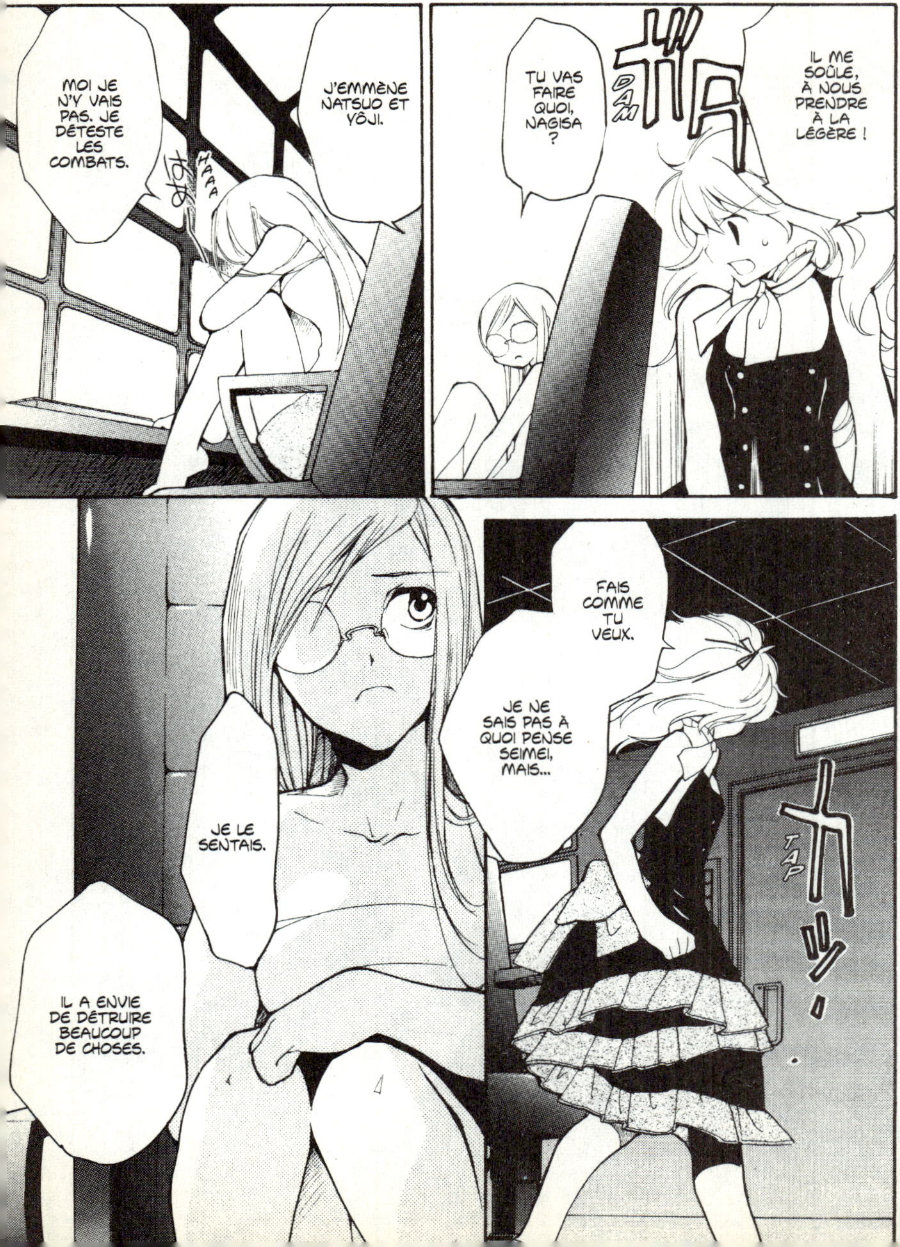
IL ME SOÛLE, À NOUS PRENDRE À LA LÉGÈRE !
DAM
TU VAS FAIRE QUOI, NAGISA ?
J'EMMÈNE NATSUO ET YÔJI.
HAAA
MOI JE N'Y VAIS PAS. JE DÉTESTE LES COMBATS.
FAIS COMME TU VEUX.
JE NE SAIS PAS À QUOI PENSE SEIMEI, MAIS...
TAP
JE LE SENTAIS.
IL A ENVIE DE DÉTRUIRE BEAUCOUP DE CHOSES.

BEAUCOUP DE CHOSES ?
OUI.
LES LIEUX, L'ESPACE...
LES RELATIONS HUMAINES AUSSI... IL VEUT TOUT DÉTRUIRE.
BIEN SÛR, L'HUMAIN AUSSI.
SHIII

VA VOIR RITSUKA, NISEI.
CLING
MON RITSUKA.
TON...
RIT-SUKA ?
OUI, NISEI.
LE MIEN.
JE VOUDRAIS JUSTE QU'IL M'AIME.
MAIS JE N'Y PEUX RIEN, JE DOUTE.
JE DOIS LE TESTER.
C'EST NORMAL, NON ?

CE QUE TU DIS SEMBLE TOUJOURS NORMAL, MAIS...
JE SUIS SÛR QUE CE N'EST PAS LE CAS.
MAIS SI.
JE NE DIS QUE DES BANALITÉS.
SLAC
MOI, JE NE VOUDRAIS MÊME PAS AIMER OU ÊTRE AIMÉ.
IMPOSSIBLE, JE N'Y CONNAIS RIEN ET ÇA M'INSUPPORTE.
TU ES BIEN TRISTE, NISEI.
L'AMOUR, C'EST ACCEPTER.
M'AIMER, C'EST M'ACCEPTER MOI...
COMME JE SUIS.

C'EST LOURD, ÇA.
PAS LE CHOIX.
POURQUOI EST-CE QUE TU VEUX DE LUI QUELQUE CHOSE D'AUSSI COMPLIQUÉ ?
NOUS SOMMES LES DEUX SEULS HUMAINS.
IL N'Y A...
QUE LUI ET MOI, DANS CE MONDE.
JE N'AI QUE RITSUKA.
QUE DEUX AU MONDE...
ET MOI, JE SUIS QUOI ?
HEIN ?
はーい

DE JOLIS OISEAUX OU CHIENS SONT INDISPENSABLES AUSSI.
RITSUKA (HUMAIN), TOI (HUMAIN) MOI (CHIEN) L'AUTRE (OISEAU)...
C'EST ÇA ?
IDIOT...
JE LES AIME.
MAIS CE N'EST PAS COMME AIMER UN HUMAIN.
ASSEZ PARLÉ.
VAS-Y.

ASSEZ PARLÉ.
VAS-Y, NISEI.

LES SEPT LUNES
CHAPITRE 6

!!
QUELQUE CHOSE...
ARRIVE.
......
COS-TAUD !
HAA !!!

JE NE CONNAIS PAS CETTE SPHÈRE.
MOI SI.
JE L'AI REN-CONTRÉE, UNE FOIS.
LUI !
POURQUOI ICI ?
JE M'EN...
OCCUPE.
PEU IMPORTE !

WHOOOO
TOC
TOC
GNN
AVIS AUX PENSION-NAIRES !
IL EST POSSIBLE QU'UN INTRUS SE SOIT INTRODUIT, SOYEZ EXTRÊMEMENT PRUDENTS !
ENCORE !?
HUM
MALPOLI, JE NE SUIS PAS UN INTRUS !
LE COMBAT AVEC NE FAIT PAS PARTIE DE L'EN-TRAÎNE-MENT.
FOUP
RITSUKA, VA-T'EN !

VOUS DEVEZ ÉVITER LE COMBAT !
ON SE BAT ?
SEUL !?
IL SE MOQUE DE NOUS !?
ON ACCEPTE !!!
REGAGNEZ TOUS VOS CHAMBRES !
RITSUKA, FILE !
BOM !

NOUS SOMMES BREATH-LESS.
DONNE TON NOM !
JE SUIS BELOVED.
LE COMBATTANT DE AOYAGI SEIMEI.

IL A DIT
EN PLUS, "BELOVED"...
SEIMEI !
DÉCHIREZ L'ENNEMI !
VENTS !
EN DÉFENSE !
DÉCHIREMENT !
BAH
LA NUIT EST MON ALLIÉE !
LA PÉNOMBRE VOUS ENVAHIT !
VOTRE DÉFENSE EST PETITE...
LA PÉNOMBRE VOUS ENTOURE !
VOUS NE POUVEZ PAS VOUS ÉCHAPPER !

ARRÊTE !!!

NE LES TOUCHE PAS !
......
SÔBI...
VIENS !

J'AI BESOIN DE TOI...

POURQUOI EST-CE QUE TU NE T'ENFUIS PAS, COMME ILS TE L'ONT DIT ?
N'APPROCHE PAS !
POUR-QUOI ?
RITSUKA, DIS-MOI !
TU ME SOÛLES.
JE NE PEUX PAS LAISSER DES GENS QUI ME DISENT DE M'ENFUIR...
ALORS QU'EUX RESTENT SE BATTRE !

CE N'EST PEUT-ÊTRE PAS UNE BONNE CHOSE.
C'ÉTAIT UNE CHANCE À NE PAS RATER.
JE ME FICHE DES BONNES CHOSES !
SI J'ÉTAIS AUSSI DOCILE QUE CELA, JE NE SERAIS PAS ICI EN CE MOMENT !
JE SERAIS EN TRAIN DE DORMIR CHEZ MOI !!!
JE NE DEMAN-DE PAS...
CE QU'IL Y A DE MIEUX À FAIRE !
ÇA N'EXISTE PAS !

TU DOIS JUSTE...
ÉCOUTER TON COE UR.
SÔBI !
BAH
DÉTRUIS-LE !
COM-PRIS.
OUVERTURE DU SYSTÈME !
J'ANNONCE...
WHOOOO
QUE CECI EST UN COMBAT...
PAR LES MOTS !

JE SUIS LE COMBATANT DE LOVELESS...
AGA-TSUMA SÔBI !
DZIIIIIH
J'ACCEP-TE.
JE SUIS LE COMBATTANT DE BELOVED, AKAME NISEI.
WOUAH !
GLOUP
ON A FAIT L'APPEL, MAIS...
IL EN MANQUE ENCORE PLEIN ! TU PEUX LES APPELER ?
BIEN SÛR !
AH
SENSEI ! ILS COM-MENCENT !
C'EST VIOLENT !

BAAAAAH
SÔBI A COMMENCÉ...
QUE... ?
DZUUUUH
HA... NON !
CLAC
CLAC
UNE COUPURE DE COURANT !?
IL FAIT TOUT NOIR !
PAS UNE COUPURE...
QUELQU'UN ...
A COUPÉ LE COURANT.

ON DIRAIT QUE LE CIEL EST AVEC MOI.
LES TÉNÈBRES EN PLUS D'UNE NUIT NOIRE !
JE VAIS TE TRANSPERCER DE CETTE FORCE.
TU ES DÉTESTABLE.
JE COMPTAIS BIEN TE TUER, MAIS CE SERA PLUS RAPIDE QUE PRÉVU.
TU PEUX ME DIRE CE QUE TU VEUX, JE NE PERDRAI PAS. RITSUKA EST AVEC MOI.

NUIT !
INFILTRE-TOI !
CLIIING
BOUAAH
!!

CLAANG
SÔBI !!!
JE SUIS CELUI QUI PROTÈGE L'ÉCLAT ! SANS CRAINTE DE LA NUIT...
JE LA DISSOUS !
BAAAH

PFU...
LA LUMIÈRE CONTRE LA NUIT...
C'EST BASIQUE.
AU LIEU DE MARMONNER...
AMÈNE-TOI !

NAGISA SENSEI...
CE N'EST PAS UNE COUPURE DE COURANT...
QUELQU'UN A VOLONTAI-REMENT COUPÉ LE COURANT !

HEIN !?
VOUS ÊTES SÛRS ?
COMMENT VOUS LE SAVEZ ?
JE N'EN SAIS RIEN, MAIS C'EST ÉVIDENT, NON ?
C'EST PLUS SÛR DE CONSIDÉRER QU'IL Y A UN ENNEMI, NON ?
TAP
ET ON POURRA PLUS VOUS PROTÉGER !
SI UN COMBATTANT EST ICI...
ET SE BAT AVEC SÔBI...
ALORS QUI EST LE SACRIFICE ?

LES SEPT LUNES
CHAPITRE 7
C'EST SÛREMENT UN SALE TYPE !
ÇA SENT LE ROUSSI !

SÔBI, ATTENDS !
AKAME NISEI...
TU ES LE COMBAT-TANT DE SEIMEI !?
SEIMEI...
EST EN VIE !?

RITSU-KA...
ÇA Y EST !
JE VEUX SAVOIR !
APRÈS SA MORT, TOUT M'ENNUYAIT...
JE ME FICHAIS DE TOUT, PEUR DE RIEN.
JE PENSAIS QUE JE ME CONTENTERAIS DE VIVRE, PUIS MOURIR À MON TOUR.
PLUS RIEN NE ME FAISAIT PEUR.

JE ME RÉVEILLAIS PLUSIEURS FOIS DANS LA NUIT.
S'IL EST EN VIE, POURQUOI EST-CE QU'IL NE REVIENT PAS ?
POURQUOI ?
POURQUOI FAIT-IL SEMBLANT D'ÊTRE MORT ?
POURQUOI ?
ET SI...
J'AI PEUR...
SI C'ÉTAIT À CAUSE DE MOI, QU'EST-CE QUE JE DEVRAIS FAIRE ?
J'EN AI SOUVENT RÊVÉ.
SEIMEI !
ATTENDS-MOI !
JE PARS AVEC TOI !
PAS QUESTION.
POURQUOI ?
C'EST QUI, LUI !?
JE VIENS AUSSI !
NON !

JE NE T'AIME PLUS.
J'EN AI MARRE D'ÊTRE AVEC TOI.
BIEN SUR, DE SÔBI NON PLUS ! ♡
SEIMEI EST EN VIE !
MAIS APPAREMMENT IL NE VEUT PLUS DE TOI...
......!!

FAIS-TOI UNE RAISON, ENFIN... TU ES VRAIMENT LONG À LA DÉTENTE !
CLAC
SEIMEI TE DÉTESTE, TU N'ES PLUS QU'UN GÊNEUR POUR LUI.
C'EST CE QUE...
JE CRAIGNAIS LE PLUS.
IL NE TE RESTE PLUS QU'À MOURIR...
SI TU VEUX ÊTRE SYMPA.
PERSONNE NE TE RE-GRETTERA.

RITSUKA !!!
HA !
RESSAISIS-TOI ! IL T'ATTAQUE !
......!!
TU AS ENTENDU QUELQUE CHOSE ? MOI RIEN...
JE T'AI JUSTE DIT CE QUE TU REDOUTAIS.

DOM
ÇA VA ALLER...
GNN
TU ES TRÈS FORT !
IL FAUT BIEN CONNAÎTRE SON ENNEMI POUR LE BLESSER AU COE UR.
TU PARLES, RITSUKA EST VRAIMENT TROP...
PRÉVISIBLE.
MOI AUSSI, JE CONNAIS ...
LA BLESSURE...
DE RITSUKA.

POURQUOI EST-CE QUE TU FAIS CETTE TÊTE ?
JE SERAI TOUJOURS, TOUJOURS PRÈS DE TOI !
HEIN ?
QU'EST-CE QUE TU DIS !?
SHI
C'EST VRAI !
HA OUI ?
EXCUSE, SÔBI.
SHLAAC
J'AI JUSTE ÉTÉ SURPRIS !
JE T'ASSURE QUE ÇA VA.

NISEI !!!
ARRÊTE UN PEU, TU M'ÉNERVES !!!
JE SUIS LE NÉANT !
JE DEVIENS LUMIÈRE DE LA LUMIÈRE, NUIT DE LA NUIT !

ZAAAAH
JE SUIS UNE MUE...
QUI PREND LE NOM DE VÉRITÉ ET POURFEND L'ENNEMI !!!

CRÈVE !!!
WHOOOO

KIIIIIIIIIIN
BELOVE
SHUUU
BELOVED
……
MON NOM…
BELOVED
ENTRE NISEI ET SÔBI…
ÇA A COMMENCÉ…

LES SEPT LUNES
CHAPITRE 8

BLAAM
C'EST UN COMBAT...
ENTRE LE BLANC ET LE NOIR...
LA NUIT ET LA LUMIÈRE.
BOOM
NOUS SOMMES AUX ANTIPODES !
JAMAIS JE NE TE REMPLA-CERAI !
JAMAIS JE NE TE COMPREN-DRAI !

BIIISH
ET MOI JE NE T'ACCEPTERAI PAS.
BOM
JE REPOUSSE !!!
PAAAH

PAAAH !
MON NOM EST BELOVED.
CE NOM EST MON ALLIÉ.
BELOVE

SHIIIIIING
SÔBI !!!
ÇA VA...
POURQUOI EST-CE QU'IL Y A DEUX NOM !?
JE CROYAIS QUE LE NOM ÉTAIT UNIQUE !
VOUS ÊTES BELOVED TOUS LES DEUX ?
C'EST PARCE QUE SÔBI EST UNE PÂLE COPIE !
JE NE T'AI RIEN DEMANDÉ !!!

LA FERME !!!
SHAAA
......
SI TU VOULAIS BIEN DÉCIDER...

SI TU VOULAIS BIEN M'ACCEPTER...
SÔBI !
M'AUTORISER...
SI TU VOULAIS DE MOI...
DU SANG...
J'AURAIS PU DEVENIR À TOI...

J'AI EU L'IMPRESSION QUE NISEI DISAIT VRAI.
SÔBI N'EST PAS LÉGITIME.
MES SENTIMENTS...
ENVERS SÔBI...
NE SONT QUE DE LA PITIÉ.
CE N'EST PAS UNE BONNE CHOSE.
IL SERAIT....
SÛREMENT BLESSÉ.
C'EST SÛR.
JE REGRETTERAIS...
ET PUIS...
C'EST SÛREMENT DE L'ÉGOÏSME, DE VOULOIR LE RENDRE PLUS FORT.

VOUS N'EN AVEZ PAS MARRE DE VOUS MATER !?
......
SI C'EST SON NOM DE BELOVED QUI LUI DONNE SA FORCE...
MAIS TU NE VOIS PAS QU'IL SE SERT DE TOI À SA GUISE ?
SI C'EST ÇA QUI LE REND FORT...
ALORS JE SERAI TA FORCE.

TU ES MON COMBATTANT.
LE SEUL...
COMBATTANT DE LOVELESS !
EST-CE QUE...
JE ME SERS DE TOI... ?
RITSUKA !
NE FAIS PAS DE BÊTISE !!!
PAS DU TOUT.

TA FORCE NE M'ATTEINT PAS.
TU N'AS PAS TA PLACE.
DISPA-RAIS !
NUL ENDROIT POUR LES EXISTENCES EN TROP !!!

WHAAAA
EFFONDRE-TOI !
SOIS RÉDUIT EN MIETTES !
CHUTE !!!
WOUUUH
!!
SEUL, C'EST TROP DANGE-REUX...
JE DOIS APPELER SEIMEI.

HIIII
BELOVED
KIIIIIIH
NISEI M'APPELLE.
J'AI AUTRE CHOSE À FAIRE, MOI.
BELOVE
DÉBROUILLE-TOI TOUT SEUL, NISEI.

ATTENDS !
C'EST UNE ZONE D'ENTRÉE INTERDITE.
TU N'AS PAS LE DROIT D'ALLER PLUS LOIN.
TU LE SAIS, HEIN, AOYAGI SEIMEI ?
MINA-MI RITSU...
ÇA FAISAIT UN BAIL...

TU ÉTAIS EN VIE ?
VOUS LE SAVIEZ !
PAS DU TOUT.
BÀÀÀAH
JE TE CONTRAINS !

LOVELESS 7 - FIN

PFU

LOVELESS
LE TRAIN-JANKEN DE YUIKO
C'EST LE GROUPE QUATRE QUI DOIT ARROSER LES FLEURS !
QUI VEUT Y ALLER ?
CING DONG
C'EST LOURD... ON TIRE AU SORT ?
OK ! CHOISISSEZ !

MOI, LE NUMÉRO 3.
ET TOI, RITSUKA ?
ALORS LE 6.
......
POURQUOI EST-CE QUE VOUS FAITES DES GRILLES...
AU LIEU DE FAIRE JANKEN ?
PAS QUESTION, CE N'EST PAS LOYAL !
PAS LOYAL ? HA BON ?
ÇA IRAIT POURTANT PLUS VITE...
OUI, YUIKO EST TOUJOURS LA GAGNANTE.
À CHAQUE FOIS !
HEIN ?
HÉ HÉ HÉ !
TU ES FORTE AU JANKEN ?
BAH...
OUI.

VLAAM
PAS FORTE ! INVINCIBLE !!!
JE N'AI JAMAIS RÉUSSI À GAGNER ! ET LES AUTRES NON PLUS !
FU FU
ELLE N'A JAMAIS PERDU AU JANKEN.
SÉRIEUX !?
OUI !
MÊME UNE FOIS ?
JA-MAIS ! C'EST MA SPÉCIALITÉ !
HI
NON MAIS ATTENDS ! MÊME PAR HASARD, C'EST IMPOSSIBLE !
C'EST PLUTÔT BIZARRE, DE NE JAMAIS PERDRE !!!
HÉÉÉ
MAIS JE TE JURE !
ARRÊTE DE LA SOUPÇONNER, AOYAGI. TU N'AS QU'À VÉRIFIER PENDANT LE JEU DE CE MATIN !
LE QUOI !?

TU NE SAVAIS PAS ? ON FAIT UN GRAND JEU AVEC TOUTES LES CLASSES.
ET AUJOURD'HUI, ON FAIT LE PETIT TRAIN-JANKEN.
FUM
CONNAIS PAS...
HA BON ?
わい WHAA
VOUS NE FAISIEZ PAS CELA, DANS TON ANCIENNE ÉCOLE ?
C'EST DOMMA-GE !
わい WHAA
BAH, DE TOUTE FAÇON YUIKO VA ENCORE GAGNER...
LE TRAIN-JANKEN (JEU À PLU-SIEURS)
DEUX PERSONNES S'AFFRONTENT, ET CELUI QUI PERD SE MET À LA QUEUE DERRIÈRE LE GAGNANT.
LES TÊTES DE QUEUE S'AFFRON-TENT ENSUI-TE ENTRE EUX JUSQU'À CE QU'IL NE RESTE PLUS QU'UNE FILE.
YUIKO ÉTAIT DÉJÀ EN PASSE DE DEVENIR UNE LÉGENDE À CE JEU-LÀ !

ELLE NE PORTE JAMAIS SON CARTABLE !
ELLE FAIT FAIRE SES DEVOIRS AUX PERDANTS.
ELLE ÉVITE LES CORVÉES COMME ÇA.
J'AI PER-DU...
BON COU RA-GE !
SA MÈRE
ELLE GAGNE TOUJOURS QUAND DES GÂTEAUX SONT EN JEU.
JE N'AI JAMAIS FAIT ÇA !
HÉÉ
NE LES ÉCOUTE PAS !
......
WHAA
WHAA
ELLE ENCHAÎNE LES RENCARDS GRÂCE AU JANKEN !
ELLE A ACHETÉ UNE MAISON AU JANKEN !
HUUM
WOUAH !
NON !?
JE NE PERDS PAS, C'EST TOUT !
C'EST VRAI !?
ELLE A DÉJÀ GAGNÉ DEUX MILLIONS COMME ÇA !

ENFIN, C'EST POUR ÇA QUE NOTRE CLASSE NE DÉCIDE RIEN AU JANKEN.
À CAUSE D'ELLE.
HÊ HÊ
ELLE EST VRAIMENT FORTE, ON NE L'A JAMAIS VUE PERDRE.
HUUM ...
JE CROYAIS QUE J'ÉTAIS FORT...
TOI !?
J'AI HÂTE DE VOIR ÇA !
HA HA ! ON Y VA ?
OUI !
POM
POM
BLA
C'EST VRAI QU'IL EST NOUVEAU, ALORS ON NE SAIT PAS !
BLA
TU CROIS QU'IL EST PLUS FORT ?
BLA
MAIS...
IMPOSSIBLE ! HAWATARI N'A JAMAIS PERDU !
C'EST COMME CELA QUE LE DÉMON DU JEU FUT RÉVEILLÉ !!!

ザワ
BLA
ザワ
BLA
ザワ
BLA
AU FAIT, YUIKO...
IL Y A AUSSI LA CHANCE, MAIS TU NE TROUVES PAS QUE C'EST PSYCHOLOGIQUE ?
?
JE NE SAIS PAS, MAIS MOI J'AI MON TRUC ! ♡
JE VOIS, ELLE A UN PLAN DE BATAILLE...
ATTENTION À ELLE.
HI HI
HUM
BIEN ! NOUS ALLONS COMMENCER LE PETIT TRAIN-ANKEN !
AU SIGNAL, MESUREZ-VOUS À VOTRE VOISIN !
ザワ
BLA
ガヤ
BLA
ザワ
BLA

WHAAA !!
C'EST PARTI !!!
JANKEN PON
AIKO DE
PERDU
JANKEN PON
AIKO DE
JE LA GARDE...
POUR LA FIN.
JAN...
KEN !
PON !
YUIKO A GAGNÉ !
WHAAAA
OUAIIIS ! ♡
WHAAAA
ZUT !

QUAND ON VOUS PARLE FORT, ON SE CRISPE...
ET ON A TENDANCE À FAIRE PIERRE.
JAAAN ...
KEEEN...
POOON !
HA !
MAIS SI C'EST TROP LENT, ON FINIT PAR S'EMMÊLER ET FAIRE FEUILLE.
PAS MAL...
ELLE FAIT ÇA NATURELLE-MENT, OU EST-CE QU'ELLE EN EST CONS-CIENTE !?
PON !!!
AOYAGI NON PLUS NE PERD PAS !
HAA
LEQUEL EST LE PLUS FORT ?
YUIKO NE PEUT PAS PERDRE !

JANKEN...
PON !
PON !
AIKO DE
SHO !
SHO
JAN...
KEN...
PON !
PON !
WHAAAAA
PON !
HÉ BIEN, TU ES VRAIMENT FORT, TOI AUSSI !
BAH, LA PROBA-BILITÉ ET L'INSTINCT !
MAIS YUIKO SEMBLE VRAIMENT SAVOIR CE QUE L'ADVERSAIRE VA FAIRE !
OUI !

TU LE SAIS !?
OUI.
ENFIN, JE LE VOIS.
QUAND ON LÈVE LA MAIN, C'EST UNE PIERRE, NON ?
SI EN LA BAISSANT ELLE BOUGE, C'EST QUE CE SERA PAPIER OU CISEAUX, ALORS JE FAIS CISEAUX.
ET COMME ÇA JE NE PERDS PAS !
HI
SI ELLE NE BOUGE PAS, ÇA RESTE UNE PIERRE ET JE SORS FEUILLE.
HI
JUSTE UNE QUESTION D'OBSERVATION !
JE NE VOIS RIEN, MOI !
ELLE A VRAIMENT...
UNE INCROYABLE VISION DE MOUVEMENT !
......
JE NE POURRAI JAMAIS GAGNER CONTRE ELLE !
JE SUIS NORMAL, MOI
JE SUIS ENCORE EN JEU, AOYAGI !
ON ESSAIE ?

......
D'ACCORD.
JE VEUX GAGNER CONTRE YUIKO AUSSI.
!!
GN!!!
GRANDE GUEULE !
CEUX QUI SONT AGRESSIFS ONT TENDANCE À FAIRE CISEAUX.
SI JE LUI ENTRETIENS CET ESPRIT...
JAN...
KEN...
ÇA VA SÛREMENT...
AUGMENTER MES CHANCES.
PON !!!
HO !
J'AI PERDU...
WHAAA
WOUAH !
AOYAGI A ENCORE GAGNÉ !
IL EST FORT !

JAN...
KEN...
PON !
WHAA
C'EST TA DIXIÈME VICTOIRE !
ON DOIT ENCORE ALLER DERRIÈRE TOI !?
NON !!!
MAIS QU'EST-CE QUE JE PEUX FAIRE CONTRE ELLE, QUI VOIT TOUT ?
SI LE JANKEN EST PSYCHOLOGIQUE, ALORS POURQUOI PAS ÇA ?
MOI, JE CHOISIS PIERRE !
HI
EN PRÊVENANT...
HEIN !?
BOM
1
PIERRE, ALORS ?
PAPIER
2
IL MENT, IL VA FAIRE CISEAUX.
PIERRE !
3
JE SAIS PAS ! ON TENTE AÏKO !
PIERRE
JE SUIS SÛR QUE ÇA POURRAIT LA FAIRE PANIQUER...
HUM...
RITSUKA ! À NOUS !
HOOO
IL NE RESTE PLUS QUE NOUS !

DOM
C'EST PARTI !
CELUI QUI PERD DEVRA OBÉIR À UN DÉSIR DE CELUI QUI GAGNE !
C'EST BON ?
GHH
LE GAGNANT PEUT DONNER UN ORDRE !
HEIN !?
GLOUP
QU... QUOI !? SI JE GAGNE... !?
TOUT !?
OUI !
SI TU GAGNES, DEMANDE CE QUE TU VEUX !
QUE...
JAN...
MAIS...
RITSUKA, CE...
KEN...

PON !!!
WHAAAA
WHAAAA
LES COURS VONT REPRENDRE ! REGAGNEZ VOS CLASSES !
HUUUM
IMPRESSIONNANT !
TU AS VU ?
C'ÉTAIT SYMPA !
BAM
BAM
WHAA
HAHA

RITSUKA, C'ÉTAIT LÂCHE...
J'AURAIS PU GAGNER !
わはは
HA HA HA
PARDON, PARDON !
JE ME DOUTAIS BIEN QUE TU NE VOUDRAIS PAS ME DONNER D'ORDRE...
POUR QUE JE GAGNE, IL FALLAIT QUE TU DÉCIDES DE PERDRE !
MAIS JE SAIS QUE TU ES VRAIMENT TRÈS FORTE !
TU CROIS, RITSUKA ? J'AI PERDU PARCE QUE J'AI EU PEUR DE NE PAS POUVOIR M'EMPÊCHER DE TE DEMANDER...
OUI !
TU ES VRAIMENT INCROYA-BLE !
BAH... TANT PIS !
HÉ HÉ !
HÉLÀ !
LES FLEURS NE SONT PAS ARROSÉES !
LE GROUPE QUATRE A ENCORE SÉVI !!!

FIN

EXCLUSIVITÉ ! LA VENTE DU VOLUME 6 !!!

CE PETIT MANGA A ÉTÉ PUBLIÉ DANS UN MAGAZINE DE DÉCEMBRE 2005, ALORS ON RETROUVE LES ACTUALITÉS DE LOVELESS DE L'ÉPOQUE. C'ÉTAIT JUSTE APRÈS LE PREMIER CHAPITRE DE "LES SEPT LUNES".

VOICI LES NEWS DE SOLEIL MANGA, EN CE 28 DÉCEMBRE.
NOUS SOMMES AU REGRET DE VOUS ANNONCER QU'IL N'Y AURA PAS DE PUBLICATION DE LOVELESS CE MOIS-CI.
NEWS
PRÉSENTATEUR : AOYAGI RITSUKA
NOUS REMERCIONS NOS FIDÈLES LECTEURS !
POM
COUPEZ !
DAH
BAM
ON NE PEUT QUAND MÊME PAS S'ARRÊTER LÀ !?
FUU
DÉSHA-BILLE-TOI !
ICI !?
PILE-POIL À CE MOMENT...
C'EST LOUCHE...
SUR CE, NOUS ALLONS VOUS PROPOSER UNE AUTRE HISTOIRE, AVEC DES COUPONS-RÉDUCTION EN PRIME !
SHIII
LA SUITE LE MOIS PROCHAIN

LOVELESS PENDANT LES VACANCES (AVEC TICKET-CADEAU!)
JE SUIS...
AOYAGI RITSUKA, NÉ UN 21 DÉCEMBRE.
LA VILLE EST COUVERTE D'ILLUMINATIONS.
SAGIT-TAIRE ET DU GROUPE B ?
TU DOIS ÊTRE TÊTU !
HUM
TÊTU !?
CEUX QUI NAISSENT À CETTE PÉRIODE...
YUIKO, DIS...
SI C'EST UN COMPLI-MENT, C'EST RATÉ...
HA !?
...SONT SOUVENT OUBLIÉS OU MÉLANGÉS À NOËL.
DOM
MAIS...
MOI, CE N'ÉTAIT PAS COMME CELA.

LA VIEILLE VERSION

MAMAN EST COUCHÉE ET PAPA AU TRAVAIL...
MAIS SI ON MANGEAIT LE GÂTEAU ?
OUI !
JOYEUX ANNIVERSAIRE RITSUKA
CHACUN UNE MOITIÉ !
SHLAC
C'EST GROS !
AVEC SEIMEI, IL N'Y AVAIT PAS DE PROBLÈME, C'ÉTAIT TOUJOURS GAI.
JE SUIS SÛR QUE C'EST CELA, "AIMER".
AUJOURD'HUI...
C'EST AUSSI L'ANNIVERSAIRE DE NOTRE RENCONTRE !
LE PETIT RITSUKA, ET MOI À CINQ ANS.
JE NE T'IMAGINE PAS À LA CRÈCHE !
MIOM MIOM
LE PRIMAIRE, AUSSI !
IMPENSABLE !
AUSSI
SEIMEI ...

ME FIXAIT SOUVENT...
AVEC DES YEUX QUI SEMBLAIENT TOUT SAVOIR.
TROIS JOURS APRÈS...
ON RECOMMENÇAIT TOUS LES DEUX.
MON JEU PRÉFÉRÉ !
ÇA, C'EST DE MA PART.
DES BONS DE COM-MANDE !
BONS
OMMANDE
AOYAGI RITSUKA

FRANCHEMENT J'AI EU DU MAL POUR LES IMAGINER !
J'AVAIS ASSEZ D'ARGENT POUR TE FAIRE UN VRAI CADEAU !
TU ES ENCORE EN PRIMAIRE...
ET PUIS CE NE SERAIT PAS AMUSANT.
LES BONS DE COMMANDE SONT BEAUCOUP PLUS MARRANTS.
BON POUR LES COURSES, BON POUR UN MASSAGE, JOUER À LA DS...
PAS DE BON POUR LES DEVOIRS ?
TU CROIS FRANCHEMENT QUE JE PEUX !?
BAH
HA HA !
HA !
ET ÇA ?
SUPER TICKET
ÇA...
UN SUPER TICKET, UN BON POUR CE QUE TU VEUX.
C'EST À TOI D'ÉCRIRE DESSUS.
ALORS JE PEUX DEMANDER CE QUE JE VEUX ?
BIEN SÛR ! MAIS UNE SEULE FOIS !
UNE PROCURATION... ET LA DATE LIMITE ?
IL N'Y EN A PAS !

TU PEUX L'UTILISER QUAND TU VEUX...
MAIS JUSTE UNE FOIS !
HOO, ALORS JE NE DOIS PAS LE GÂCHER !
C'EST DRÔLEMENT PRÉCIEUX !
SEIMEI ÉTAIT CONTENT, MAIS...
EN RÉALITÉ, CE BON NE VOULAIT RIEN DIRE.
SI SEIMEI VOULAIT VRAIMENT QUELQUE CHOSE, JE FERAIS N'IMPORTE QUOI, AVEC OU SANS ÇA.
C'ÉTAIT JUSTE UNE BLAGUE.

TIENS.
SUPER TICKET
JE TE DONNE UN SUPER TICKET.
Pic
WOUAAH... TU RISQUES GROS !
CONTENT ?
SÉRIEUX ?
SUPER CONTENT !
HUUM ...
YUIKO AUSSI L'ÉTAIT.

TU EN DONNES À TOUT LE MONDE ?
PAS DU TOUT.
SEULEMENT CEUX À QUI JE TIENS.
UN PAR PERSONNE.
C'EST VRAI ? JE PEUX L'UTILISER ?
WOUAAH ! ON VA POUVOIR SORTIR !
SI TU AS BESOIN DE QUELQUE CHOSE...
JE POURRAI SÛREMENT ÊTRE UTILE.
ET SI JE L'ENCADRAIS ?
SUPER TICKET
CE N'EST PAS FAIT POUR ÇA.
MERCI, RITSUKA.

ÇA ME FAIT PLAISIR.
C'EST JUSTE POUR RIRE...
UN JEU.
IDIOT...
JE VEUX JUSTE QUELQU'UN ...
QUI EN SOIT HEUREUX.
JUSTE QUELQU'UN...

DOM
C'ÉTAIT LA PAGE SOUVENIRS...
DE CETTE SAISON.
COUPEZ !!!
DOM
TU NE VEUX PAS ANNONCER LA SORTIE ?
DANS TOUTES LES LIBRAIRIES DU PAYS, LOVELESS 6 FAIT UN CARTON !
IMAGINEZ UN PEU ! RITSUKA ET MOI ALLONS ENFIN FAIRE...
DANS TES RÊVES !!!
SUR CE, BONNE ANNÉE ! ♡
ET MEILLEURS VOEUX !
LOVELESS 6
POINTILLÉS
・お助け券・
SUPER TICKET
青柳立夏
FIN

MOT DE LA FIN
FIN DU VOLUME 7 !
ENFIN
TANT MIEUX TANT MIEUX
HA, NE PAS OUBLIER...
MES AVEUX
MA FAUTE FATALE
ET OUI...
HAAA
JE SUIS VRAIMENT NAVRÉE...
POUR CEUX QUI LISENT LE MAGAZINE, VEUILLEZ ME PARDONNER...
JE NE DIS PAS OÙ (J'AI RÉPARÉ L'ERREUR) MAIS JE NE SAIS PAS À QUOI JE PENSAIS...
MARRE DE SANG
SÛREMENT
QUE LA BRÛLURE INEFFAÇABLE AUX AIGUILLES
M'OCCUPAIT TROP LA TÊTE...
FAIS GAFFE, LA PROCHAINE FOIS
OUI, OUI
TOUS MOUILLÉS
RESPONSABLE
AUTEUR
CONFESSÉE !
ENSUITE ON A FIXÉ CE QU'IL FALLAIT VÉRIFIER, ET CHERCHÉ S'IL Y AVAIT DES ERREURS AVEC TOUT LE STAFF
LA BAGUE DE KIO (MAIN DROITE)
RITSU, BEST
BOUTON DE SEIMEI
PANTALON NOIR
YÔJI PANSEMENT, GRAIN DE BEAUTÉ
PIERCING
RITSUKA N°63, SÔBI N°62
BANDAGE DE RITSUKA
PERDS RIEN !
SPEECH

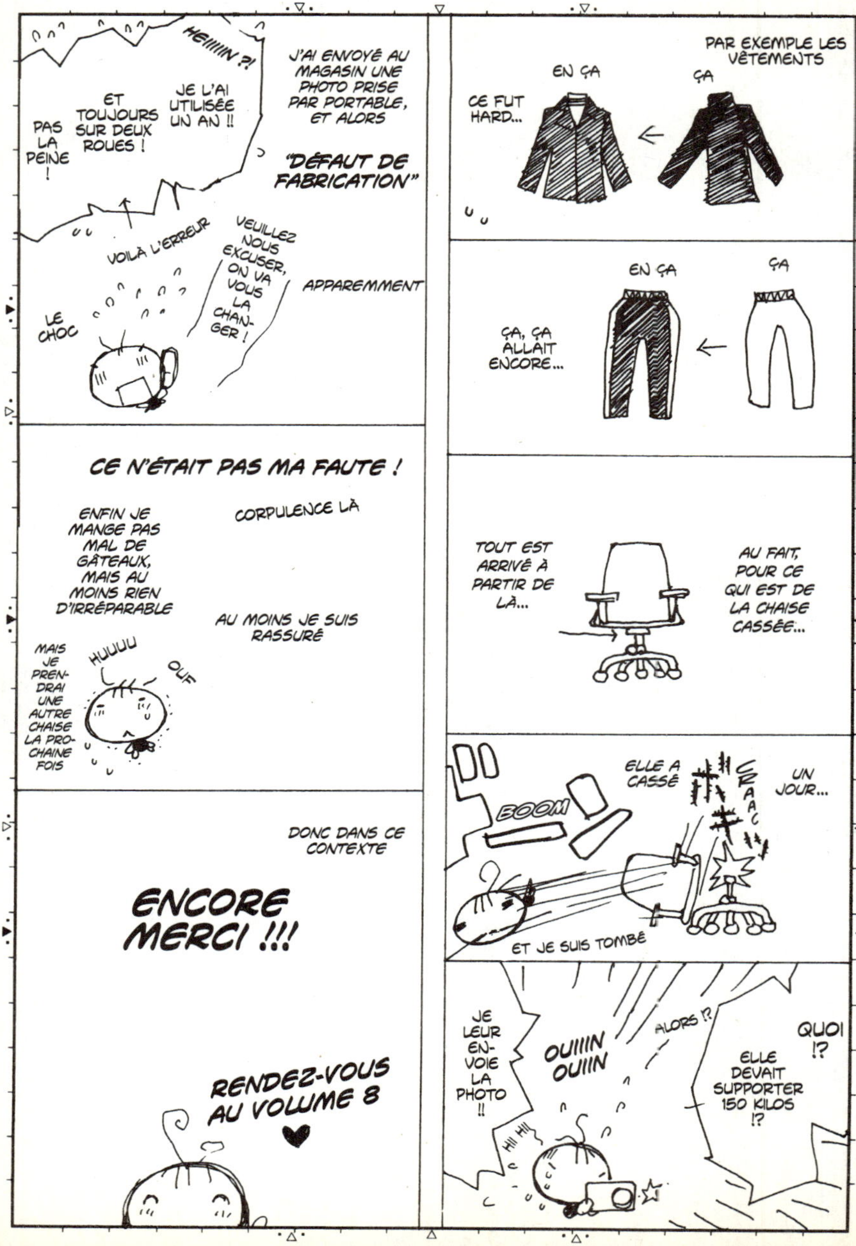
PAR EXEMPLE LES VÊTEMENTS
ÇA
EN ÇA
CE FUT HARD...
ÇA
EN ÇA
ÇA, ÇA ALLAIT ENCORE...
AU FAIT, POUR CE QUI EST DE LA CHAISE CASSÉE...
TOUT EST ARRIVÉ À PARTIR DE LÀ...
UN JOUR...
CRAAC
ELLE A CASSÉ
BOOM
ET JE SUIS TOMBÉ
QUOI !?
ELLE DEVAIT SUPPORTER 150 KILOS !?
ALORS !?
OUIIIN OUIIN
JE LEUR EN-VOIE LA PHOTO !!
HI HI
J'AI ENVOYÉ AU MAGASIN UNE PHOTO PRISE PAR PORTABLE, ET ALORS
"DÉFAUT DE FABRICATION"
HEIIIIIN ?!
JE L'AI UTILISÉE UN AN !!
ET TOUJOURS SUR DEUX ROUES !
PAS LA PEINE !
APPAREMMENT
VEUILLEZ NOUS EXCUSER, ON VA VOUS LA CHAN-GER !
VOILÀ L'ERREUR
LE CHOC
CE N'ÉTAIT PAS MA FAUTE !
CORPULENCE LÀ
ENFIN JE MANGE PAS MAL DE GÂTEAUX, MAIS AU MOINS RIEN D'IRRÉPARABLE
AU MOINS JE SUIS RASSURÉ
OUF
HUUUU
MAIS JE PREN-DRAI UNE AUTRE CHAISE LA PRO-CHAINE FOIS
DONC DANS CE CONTEXTE
ENCORE MERCI !!!
RENDEZ-VOUS AU VOLUME 8

Peut-on être gagnant en pactisant avec un démon ?
DIABOLO

LE PACTE DES DÉMONS
LES LIE À JAMAIS
DIABOLO
SOLEIL MANGA
©2001 Kei Kusunoki & Kaoru Ohashi. All right reserved
›Une série en 3 tomes, terminée au Japon

Le cœur d'une jeune fille,
L'âme d'une tueuse...

SOLEIL MANGA

Écrivez-nous à :
Soleil Manga
25, rue Titon
75011 Paris - France
manga@soleilprod.com

Titre original : LOVELESS

First published in Japan in 2006 by ICHIJINSHA
French translation rights in France arranged with ICHIJINSHA
through Tuttle-Mori Agency, Inc., Tokyo

15, bd de Strasbourg
83000 Toulon - France
Traduction : Julie Gerriet
Lettrage : Studio Charon
Dépôt légal : Janvier 2009
ISBN : 978-2-30200-238-8
Impression : AUBIN IMPRIMEUR - France